AF234068

Vᶜᵉ RENOU, MAULDE ET COCK

IMPRIMEURS DE LA COMPAGNIE DES COMMISSAIRES-PRISEURS

Rue de Rivoli, 144

CATALOGUE

D'UN RICHE ET ÉLÉGANT

MOBILIER

MODERNE

BEAUX MEUBLES EN BOIS SCULPTÉ ET DORÉ, BOIS NOIR
PALISSANDRE, ACAJOU ET NOYER

Piano droit de Pleyel en palissandre sculpté; belles Garnitures de cheminée en bronze doré, styles Louis XIV et Louis XV; Feux; Bras-Appliques; Rideaux en damas de soie; Tapis en moquette; Porcelaines; Cristaux; Plaqué.

OBJETS D'ART ET DE CURIOSITÉ

Bronzes japonais, Porcelaines anciennes de Saxe, de Chine et du Japon
Objets en émail cloisonné, Faïences anciennes

TABLEAUX MODERNES

Par Baron, Chaplin, Daubigny, Luminais, Pécrus, Plassan, Scheffer (Arnold), Veyrassat

QUELQUES TABLEAUX ANCIENS, AQUARELLES

LIVRES BIEN RELIÉS, ALBUMS

30 kilogrammes d'Argenterie moderne

DIAMANTS, BEAUX BIJOUX, PERLES ET PIERRES FINES

Dont la vente aux enchères publiques aura lieu

Par suite du décès de Mme ...

HOTEL DROUOT, SALLE N° 3

Les Lundi 20, Mardi 21 et Mercredi 22 Avril 1874

A DEUX HEURES

Par le ministère de Me **ESCRIBE**, Commissaire-Priseur,
rue de Hanovre, 6,

Assisté de **MM. DHIOS** et **GEORGE**, Experts, rue Le Peletier, 33,

Et de M. FALKENBERG, Expert pour les Diamants et Bijoux,
rue Louis-le-Grand, 26,

CHEZ LESQUELS SE DISTRIBUE LE PRÉSENT CATALOGUE.

EXPOSITION PUBLIQUE

Le Dimanche 19 Avril 1874, de 1 heure à 5 heures.

PARIS — 1874

CATALOGUE

D'UN RICHE ET ÉLÉGANT

MOBILIER

MODERNE

**BEAUX MEUBLES EN BOIS SCULPTÉ ET DORÉ, BOIS NOIR
PALISSANDRE, ACAJOU ET NOYER**

Piano droit de Pleyel en palissandre sculpté; belles Garnitures de
cheminée en bronze doré, styles Louis XIV et Louis XV; Feux;
Bras-Appliques; Rideaux en damas de soie; Tapis en moquette;
Porcelaines; Cristaux; Plaqué.

OBJETS D'ART ET DE CURIOSITÉ

Bronzes japonais, Porcelaines anciennes de Saxe, de Chine et du Japon
Objets en émail cloisonné, Faïences anciennes

TABLEAUX MODERNES

Par Baron, Chaplin, Daubigny, Luminais, Pécrus, Plassan, Scheffer (Ary), Veyrassat

QUELQUES TABLEAUX ANCIENS, AQUARELLES

LIVRES BIEN RELIÉS, ALBUMS

30 kilogrammes d'Argenterie moderne

DIAMANTS, BEAUX BIJOUX, PERLES ET PIERRES FINES

Dont la vente aux enchères publiques aura lieu

*Par suite du décès de Mme ***

HOTEL DROUOT, SALLE N° 3

Les Lundi 20, Mardi 21 et Mercredi 22 Avril 1874

A DEUX HEURES

Par le ministère de Me **ESCRIBE**, Commissaire-Priseur,
rue de Hanovre, 6,

Assisté de **MM. DHIOS** et **GEORGE**, Experts, rue Le Peletier, 33,
Et de M. FALKENBERG, Expert pour les Diamants et Bijoux,
rue Louis-le-Grand, 26,

CHEZ LESQUELS SE DISTRIBUE LE PRÉSENT CATALOGUE.

EXPOSITION PUBLIQUE

Le Dimanche 19 Avril 1874, de 1 heure à 5 heures.

PARIS — 1874

Elle sera faite au comptant.

Les Acquéreurs paieront, en sus des adjudications, CINQ CENTIMES PAR FRANC, applicables aux frais.

L'Exposition mettant le Public à même de se rendre compte de l'état et de la nature des Objets, il ne sera admis aucune réclamation une fois l'adjudication prononcée.

ORDRE DES VACATIONS

Le Lundi 20 Avril. — Plaqué, Argenterie, Bijoux, Diamants et quelques Objets d'art.

Le Mardi 21 Avril. — Tableaux, Bronzes, Porcelaines anciennes, Faïence, Objets d'art, Rideaux en soie, Piano droit et principaux Meubles (*au commencement de la vacation*) 100 Volumes bien reliés, Classiques.

Le Mercredi 22 avril. — Porcelaines, Cristaux, Bronzes, Literie, Tapis, Rideaux, Portières, et tout le surplus du Mobilier.

RICHE ET ÉLÉGANT MOBILIER

Antichambre

1 — Une Lampe en verre dépoli et bronze.

2 — Un Porte-manteau et parapluie en chêne sculpté.

3 — Tapis en moquette garnissant la pièce.

Salle à manger

4 — Un Ameublement de salle à manger en acajou moiré, composé de : Un buffet-étagère, une table sur un seul pied avec allonges, une table à découper avec tiroir, dix chaises couvertes en velours vert imprimé.

5 — Deux Rideaux de croisée en velours vert avec galerie.

6 — Un Tapis en moquette garnissant la pièce.

7 — Objets de Service en plaqué.

8 — Services de table et de dessert en porcelaine française et anglaise : Cristaux de table et d'ornement, Cabarets, Cave à liqueurs.

Salon

9 — Une Console en bois sculpté et doré, Tablette en marbre blanc.

10 — Une Table de salon en bois sculpté et doré, à dessus en velours rouge.

11 — Un Piano droit, à 6 octaves 3/4, en palissandre sculpté, de Pleyel.

12 — Tabouret de piano en bois sculpté et doré.

13 — Un Meuble de salon en bois sculpté et doré, couvert en damas de soie rouge, et garni de housses en basin blanc, composé de : Un canapé, deux fauteuils confortables, deux autres fauteuils, et quatre chaises.

14 — Quatre Chaises légères, en bois sculpté et doré, couvertes en satin broché de fleurs, vert et bleu.

15 — Deux Garnitures de croisée composées chacune de : deux rideaux en damas de soie rouge doublés en soie blanche, deux rideaux-stores et deux rideaux de vitrage en tulle brodé.

16 — Un Tapis en moquette garnissant le salon.

Chambre à coucher

17 — Un Chiffonnier à six tiroirs, en palissandre, à filets et ornements en cuivre, style Louis XV.

18 — Une grande et belle Armoire à glace, à trois vantaux et à fronton sculpté, perles et ornements en cuivre.

19 — Deux Tables de nuit, formant chiffonnier, en bois noir, avec ornements en cuivre et à dessus de marbre griotte.

20 — Une petite Table de jeu en bois noirci et à pieds sculptés.

21 — Un grand Lit en bois noir sculpté, à perles, capitonné et garni en damas de soie rouge, avec sommier élastique.

22 — Un Tour de lit et deux Garnitures de croisée en damas de soie rouge ouaté et doublé en soie, avec ciel de lit, galeries et ornements divers.

23 — Une Chaise longue en bois noir, avec filets en cuivre, couverte en damas de soie rouge.

24 — Cinq Fauteuils confortables couverts en soie ou étoffe brodée.

25 — Quatre Chaises légères en palissandre sculpté, couvertes en soie rouge.

26 — Tapis en moquette garnissant la chambre à coucher.

Boudoir

27 — Quatre Bras-Appliques en bronze.

28 — Une très-jolie Bibliothèque à colonnettes en noyer sculpté, à deux vantaux vitrés et avec tiroirs formant caisse à bijoux.

29 — Une Encoignure à un vantail et avec tiroir, en noyer sculpté, à bas-reliefs.

30 — Deux Tables-Bureaux en noyer sculpté, même style.

31 — Un Divan-Lit, couvert en velours gris, garni de son coucher et de trois coussins en tapisserie.

32 — Deux grands Fauteuils et deux Chaises en bois de noyer, couverts en velours gris.

33 — Sept Rideaux de croisées et de portières en velours gris, doublés en satin-laine vert; Rideaux de vitrage et ornements pour croisées et portières.

34 — Un Tapis en moquette garnissant le boudoir.

OBJETS DIVERS

35 — Un Hamac, Malles de voyage, Valises, Pliant, Ustensiles de toilette, Séchoir, Porte-manteaux, Siéges de jardin. etc.

LIVRES ET ALBUMS

36 — Six volumes in-folio : la Sainte Bible, l'Enfer du Dante, Fables de La Fontaine, Bade et ses environs. Aventures de Télémaque.

37 — Quarante-cinq volumes in-8, bien reliés : Classiques français, édition de Lefèvre.

38 — Environ soixante volumes : Romans, itinéraires, Albums pour photographies.

39 — Vingt Partitions et Albums de musique moderne.

TABLEAUX MODERNES

- 40 — BARON. La Sieste.
- 41 —   Id.   Femme assise près d'une corbeille.
- 42 — CHAPLIN. Jeunes Filles tirant les cartes.
- 43 — DAUBIGNY. Paysage : Laveuses près d'un cours d'eau.
- 44 — DE PENNE. Modèle d'Éventail (très-belle aquarelle) : l'Hallali.
- 45 — JACQUE (Ch.). Paysage avec troupeau de mouton.
- 46 — LUMINAIS. Cavaliers traversant un gué.
- 47 — PALIZZY. Intérieur de forêt : Vaches se désaltérant à une mare.
- 48 — PÉCRUS. Jeune Femme préparant un bouquet.
- 49 — PLASSAN. La Voleuse d'oranges.
- 50 — SCHEFFER (Arnold). Scène du XVIᵉ siècle.
- 51 — VEYRASSAT. Le Passage du bac.
- 52 — FRANCK. L'Annonciation.
- 53 — ANCIENNE ÉCOLE FLAMANDE. Nature morte.
- 53 — bis   Id.   Saint Pierre.
- 54 — ÉCOLE HOLLANDAISE. Nature morte.

OBJETS DE CURIOSITÉ

BRONZES. PORCELAINES ANCIENNES. MEUBLES

- 55 — Une très-belle Garniture de cheminée en bronze ciselé et doré et marbre griotte, style Louis XVI, composée de : une Pendule, deux Candélabres à figures de faune et faunesse, deux Flambeaux, même style Louis XVI.

56 — Une Statuette de mandarin en ancien bronze chinois sur socle en bois de fer. Cette statuette est posée sur une pendule de forme carrée en marbre noir gravé et décoré de dragons.

57 — Deux Lampes en bronze niellé.

58 — Deux Coupes vide-poches en bronze niellé sur socle en bois de fer.

59 — Une paire de Feux en bronze à figures de mandarins assis.

60 — Pelle, Pincettes. Portoir en bronze avec figurines chinoises.

61 — Une paire de Feux en bronze doré, à figures d'enfants, style Louis XV.

62 — Une paire de Chenets, style Louis XIII, en bronze.

63 — Une paire de Bras-Appliques à trois lumières, en bronze ciselé et doré, style Louis XIV.

64 — **Marbre blanc** : une Statuette : l'Amour brisant ses armes.

65 — **Bronze chinois** : un Vase à parfums en ancien bronze chinois, couvercle à jours en bois de fer.

66 — Un joli Vase à parfums en bronze japonais.

67 — Un petit Vase, à anses détachées, en émail cloisonné.

68 — Un Vase, forme bouteille, en émail cloisonné.

69 — Un Bol en émail cloisonné.

70 — Deux petits Plateaux vide-poches en émail cloisonné.

71 — Deux petites Potiches, à couvercles, en vieux Chine émaillé sur fond blanc.

72 — Deux Potiches, à couvercles, en ancienne porcelaine du Japon ; décors bleu, rouge et or.

73 — Deux Cornets en vieux Chine émaillé sur fond brun.

74 — Un très-grand Plat en faïence d'Urbino, figures de cavaliers, bordure à arabesques.

75 — Deux Vases potiches en porcelaine céladon gris craquelé.

76 — Un Vase-Cornet en vieux Chine (famille verte).

77 — Une Jardinière en vieux Chine émaillé vert sur fond blanc. Belle qualité.

78 — Un Plat en ancienne porcelaine de Chine, décoré de sujets mythologiques : Dieux de l'Olympe. Très-jolie pièce.

79 — Un grand Plat en vieux Chine ; cadre en bois noir et or.

80 — Trois Plats, plus petits, en vieux Chine : cadre en bois noir et or.

81 — Un Plat japonais, décor bleu : cadre en bois noir et or.

82 — Un Plat en faïence de Delft, décor polychrome ; cadre en bois noir et or.

83 — Un Plat en faïence de Delft (vue de ville), décor polychrome ; cadre en bois noir et or.

84 — Un Bas-Relief en faïence émaillée, représentant un trophée ; cadre en bois noir et or.

85 — Une Potiche en vieux Chine, décors à personnages, fond vert émaillé.

86 — Deux Figurines de femme en vieux Chine émaillé.

87 — Deux petits Vases à fleurs en ancienne faïence de Delft.

88 — Six Assiettes en ancienne porcelaine de Saxe, décors à fleurs, bordure vannerie.

89 — Deux Raviers, forme feuillage, en vieux Saxe.

90 — Une Veilleuse en poterie de Satzuma.

91 — Un Plateau en poterie de Satzuma.

92 — Deux Sucriers en poterie de Satzuma.

93 — Un Cabaret de cinq pièces et plateau en porcelaine de Sèvres, fond bleu, au chiffre de Louis-Philippe.

94 — Vingt et une Tasses avec ou sans soucoupes en porcelaine de vieux Saxe, décorées de médaillons à figures genre Watteau, ou paysages en camaïeu.

95 — Cinq Pièces : bol, tasse à thé, tasse et petits pots en porcelaine de Saxe.

96 — Deux petits Vide-poches en vieux Saxe.

97 — Une Soupière-Plateau et Couvercle en faïence de Rouen, décor à la corne.

98 — Un Sucrier et couvercle, forme citrouille, en vieux Rouen.

99 — Corbeille, Plateau et Couvercle à jours en porcelaine de l'Inde.

100 — Corbeille et Plateau en porcelaine du Japon.

101 — Une Boîte carrée en émail de Saxe, montée en argent.

102 — Corbeille à jours en porcelaine de Saxe.

103 — Plusieurs Tasses et Soucoupes en porcelaine de Chine (Ce lot sera divisé).

104 — Une Cantine en laque du Japon.

105 — Trois Socles en bois de fer sculpté.

106 — Dix Verres à pieds, de diverses formes, en verreries
de Bohême (plusieurs sont gravés).

107 — Quelques autres Pièces en verre de Bohême gravé :
pots à bière, vases, plateaux, etc.

408 — Cinq Coussins à armoiries et blason en ancienne
tapisserie des Gobelins (seront divisés).

409 — Un Éventail Louis XV, monture en ivoire à jours.

110 — Un joli Meuble-Vitrine, à hauteur d'appui, en bois
sculpté et doré, à dessus de marbre blanc.

111 — Un très-joli Paravent à six feuilles en bois sculpté
et doré (époque Louis XV).

ARGENTERIE

112 — Un Nécessaire de voyage, garni en argent, avec
brosses en ivoire et accessoires.

113 — Un grand Plateau de service en argent guilloché,
avec anses ciselées.

114 — Un autre Plateau en argent, sans anses.

115 — Deux Légumiers en argent, forme contournée, avec
double fond également en argent.

116 — Deux Plats ovales en argent, modèle Louis XV.

117 — Deux grands Plats ronds en argent, modèle
Louis XV.

118 — Deux autres, plus petits, même modèle.

119 — Un Plat creux, même modèle.

120 — Une Saucière en argent, forme contournée, avec double fond.

121 — Un très-beau Service à thé en argent guilloché, composé de sept pièces : bouilloire, théière, cafetière, sucrier, pot à crème, boîte à thé et passe-thé.

122 — Une Cafetière argentée contournée, style Louis XV.

123 — Un Sucrier argenté, même style.

124 — Une Cafetière en argent uni.

125 — Une Casserole en argent.

126 — Un Moulin à poivre.

127 — Deux Bouts-de-table et Moutardier en argent, style Louis XVI, avec verres bleus à l'intérieur.

128 — Deux autres Bouts-de-table en argent, avec intérieurs en verre blanc.

129 — Douze Fourchettes en argent.

130 — Vingt-quatre Couverts à dessert en argent, modèle riche.

131 — Vingt-quatre Cuillères à café, même modèle.

132 — Une Cuillère à sauce en argent.

133 — Deux Cuillères à compotier en argent.

134 — Une Cuillère à sucre en argent.

135 — Une Pince à sucre en argent.

136 — Un Ciseau à raisin en acier argenté.

137 — Une Truelle à gâteaux en argent.

138 — Une Truelle à glace en argent.

139 — Une Pince à asperges en argent.

140 — Un Service à poisson en argent.

141 — Quatre Pièces à hors-d'œuvre en argent, manches en ivoire.

142 — Quatre Pelles à sel en argent doré.

143 — Vingt-quatre Couteaux de table, manches en ivoire.

144 — Vingt-quatre Couteaux à fromage, manches en ivoire.

145 — Douze Couteaux à fruits, manches en ivoire, lames en argent.

146 — Douze Couteaux à fruits, manches en bois de cerf et lames d'argent.

147 — Douze Fourchettes à huîtres en argent, manches en ivoire.

148 — Deux Services à découper, manches en ivoire.

PLAQUÉ

149 — Quatre Dessous de carafes, un Réchaud à deux services, deux Réchauds ronds et un long très-bien ciselés, Porte-Couteaux, etc.

DIAMANTS ET BIJOUX

150 — Deux Boutons d'or, montés chacun d'un gros brillant.

151 — Une jolie Broche en or ornée d'une perle fine, entourée de trente-six brillants, quantité de roses avec pendeloque en perles fines, surmontée de trois beaux brillants.

152 — Une paire de Boucles d'oreilles en perles fines, entourées de vingt-quatre brillants; les pendeloques sont formées de poires également de perles fines et surmontées de roses.

153 — Une très-belle Bague montée de trois gros brillants.

154 — Une Parure composée de : une broche, une paire de boutons d'oreilles et une paire de boutons de manchettes. Chaque pièce est enrichie d'un beau grain de corail entouré de brillants.

155 — Une paire de Pendeloques, style Campana, enrichies de perles fines et roses.

156 — Une Bague en or enrichie de huit perles fines et de roses.

157 — Une Demi-Parure en or, Broche et Boutons de manchettes, lapis entouré de roses.

158 — Une Broche à châle, avec boules en lapis, monture en or.

159 — Une paire de Boucles d'oreilles en or repercé, avec perles fines, roses, saphirs et rubis.

160 — Une Montre en or à remontoir, avec bordure et chiffre en roses.

161 — Une Chaîne en or avec fausse barette et clef; le tout enrichi de perles fines et roses.

162 — Une Broche, forme coquille, en or émaillé rose, et enrichie d'un brillant.

163 — Une Demi-Parure en or, style Campana, enrichie de jolies perles.

164 — Une très-jolie Monture d'ombrelle en argent doré, turquoises et grenats.

165 — Une Boucle de ceinture en or.

166 — Une Broche en or, forme fer à cheval.

167 — Une Parure en argent, médaillon et pendeloques turquoises, perles et grenats.

168 — Trois Chaînons, une paire de Pendeloques et deux Boutons de manchettes avec boules en or.

169 — Un Bracelet en or, avec devise A. E. I.

170 — Un Médaillon en or, avec même devise.

171 — Quatre Bracelets en or. Ce lot sera divisé.

172 — Une paire de Boutons doubles en or.

173 — Une Montre de course en bois, avec monture et châtelaine en argent.

174 — Un Porte-Cartes en argent anglais.

175 — Un Porte-Plume en or et nacre.

176 — Deux Flacons à odeurs, montés en argent doré.

———

177 — Sous ce numéro, seront vendus tous les Objets non compris au présent Catalogue.

Vᵉ RENOU, MAULDE et COCK, impr de la Compagnie des Commissaires-Priseurs, rue de Rivoli, 144.　　41964

RED. :

19

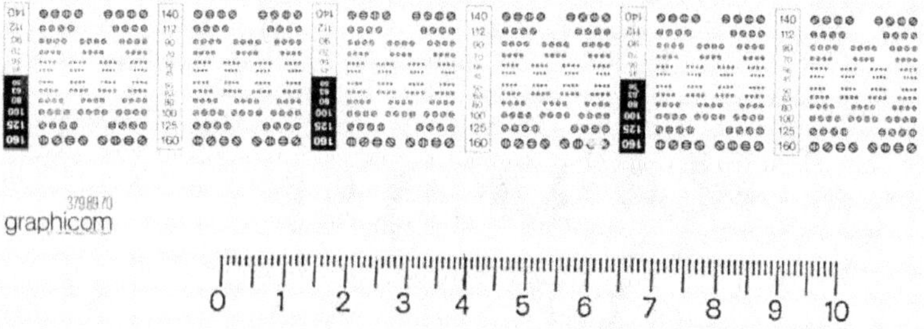

graphicom

0 1 2 3 4 5 6 7 8 9 10

BIBLIOTHEQUE NATIONALE DE FRANCE

****

CHATEAU DE SABLE

1995